KB247873

어디서 봤더라?

Copyright ⓒ 2006 by 조두현
이 책은 저작권법에 따라 보호를 받는 저작물이므로 저자와 출판사의 동의 없이
어떠한 형태로든 사용하실 수 없으며 무단 전재 및 무단 복제를 금합니다.

어디서 봤더라?

1판 1쇄 인쇄 2006년 5월 10일
1판 1쇄 발행 2006년 5월 15일

지은이 · 조두현
발행인 · 이용길
발행처 · 도서출판 모아북스
관리 · 윤재현
영업마케팅 · 권계식
본문 디자인 · 이룸

출판등록번호 · 제10-1857호
등록일자 · 1999.11.15
등록된 곳 · 경기도 고양시 일산구 백석동 1332-1 레이크하임 404호
대표 전화 · 0505-6279-784
영업 기획 · 0505-6242-016
팩스 · 0502-7017-017
독자서비스 · moabooks@hanmail.net
ISBN 89-90539-39-0 73810

좋은 책은 좋은 독자가 만듭니다. 모아북스는 독자 여러분의 의견에 항상 귀를 기울이고 있습니다.
www.moabooks.com
저자와의 협의 하에 인지를 붙이지 않습니다.
잘못 만들어진 책은 구입하신 서점이나 본사로 연락하시면 교환해 드립니다.

조두현 동시집

어디서 봤더라?

모아북스
MOABOOKS

내 손을 잡아 준 한 아이

어른들은 참 답답할 때가 많지요. 자기만 최고인 줄 알고, 고집도 세고, 어떤 때는 아이들의 이야기는 잘 듣지 않고 자기 말만 하기도 해요. 또 "이렇게 해라, 저렇게 해라" 하고 걸핏하면 명령을 내리기 일쑤지요.

나도 그런 어른이었답니다. 그러던 어느 날, 닫혔던 내 마음의 문을 열고 손을 내밀자 한 아이가 다정하게 내 손을 잡아 주었어요. 참 따뜻한 손이었지요. 그 아이는 자기가 시의 나라에 산다고 했어요. 항상 내 곁에 있었는데 마음 문이 닫혀 있어서 말을 걸 수가 없었대요.

나는 그 아이와 사귀기 시작했어요. 함께 골목길을 싸돌아 다니기도 하고 놀이동산에도 갔지요. 그 아이가 다니는 학교에도 따라가 보고, 또 우리 집에도 초대했어요. 그러면서 그 아이가 들려주는 이야기를 시로 쓰기 시작했어요. 또 내가 그 아이에게 하고 싶은 이야기들도 시로 썼지요. 그 아이를 늦게 만난 탓에 시 쓰기도 늦어졌지만 좋은 시를 쓰려고 나름대로 많은 노력을 기울였어요. 또 동시조 동인 '쪽배'에도 들어가 열심히 공부하며 동시조도 쓰게 되었어요.

시편들이 꽤 많이 늘어나서 그 동안 쓴 시들을 모아 놓고 그 아이와 함께 소리내어 읽다가 나는 깜짝 놀랐어요.

아! 그 아이가 바로 나의 또 다른 모습이었던 거예요.

그렇게 해서 바로 이 시집이 태어나게 된 거랍니다. 이번에는 그 동안 거둔 시 가운데 동시만을 모아서 엮어 내고, 다음에 기회를 봐서 동시조로 또 한 권을 펴낼 생각이에요.

앞으로도 그 아이와 더 많은 시간을 보내면서 더 좋은 시를 쓰려고 해요. 이 시집을 읽는 여러분도 나처럼 시의 나라에 사는 한 아이의 손을 잡을 수 있었으면 좋겠어요.

- 2006년 봄, 조두현

차례

담쟁이넝쿨들의 호기심 여행길

철썩철썩 신나는 빨래들의 강강술래

혼자서 중얼중얼 구시렁 구시렁

겁없이 마음대로 넘나드는 바람 소리

담쟁이넝쿨

호기심 하나 쏘옥
목을 내밀고
호기심 또 하나 길게
팔을 뻗는다.

자꾸만 자꾸만 기어올라가
기어이 엿보고 싶어하는
담쟁이넝쿨.

2층 창문에 턱걸이하고
몰래 들여다보다
다시 3층 창문으로
살살 기어오른다.

담벼락 하나 가득
담쟁이넝쿨들의 파릇한
호기심 여행길.

밤

어디로 가는 걸까?
까아만 밤.
아침에 눈을 뜨면
감쪽같이 사라지는.

어디 갔다 오는 걸까?
까아만 밤.
숙제 끝내고 놀려 하면
슬금슬금 돌아오는.

꼭 아빠 같은 밤.
새벽 길 열며 출근했다가
지친 발걸음에 어둠을 걸고
저만치 골목길을 돌아서 오는.

경비원 아저씨

우리 아파트 경비원 아저씨는

손바닥 들여다보듯

나를 너무 잘 아신다.

무슨 일이든 먼저 알고

말을 걸어 오신다.

"학교에서 늦었구나."

"빨리 간식 먹고 학원에 가야지."

"내일 소풍 간다면서?"

오늘은 예림이네서

숙제하기로 했다.

예림이와 둘이서만.

"숙제할 시간인데 어디 가니?"
"비밀이에요."

아저씨가 고개를 갸우뚱거린다.
헤헤헤, 재미있다.
속이 다 시원하다.

암벽 등반

마치
딱정벌레처럼
바위에
찰싹
달라붙어
올라가는
사람들.

겁도
없이
가파른
바위의
겨드랑이를
살곰
살곰

간질인다.

터질
듯한
웃음
간신히
참고
있는
맘씨
좋은
바위 할아버지.

햄스터

햄스터의 두 눈이
반짝, 파랗게 빛났다.

오몰오몰 맛있게 벗겨 먹던
해바라기 씨
화분에 떨어진 몇 알이
뽀족뽀족 얼굴을 내민 날.

"이봐요.
나에게도
생명이 있다고요."

비밀을 엿본 듯
가슴 두근거리는
이른 봄날 아침.

햄스터 쳇바퀴가
힘차게 돌아간다.

보도 블록

학교 길에 반듯반듯 보도 블록은
선생님과 겨루는 내기 장기판.
숙제 못한 걱정 까맣게 잊고
장기알 따라 발 옮기며 학교 가는 길.

"내가 이기면 모두 눈감아 주기."

먼저 마(馬)를 대각으로 밀어 주고
뒤쪽의 포(包)를 길게 우측으로 넘긴 다음
졸(卒)을 슬쩍 한 칸 앞으로……

"장기 두던 선생님 어디 가셨나?"

차(車)를 들어 앞으로 돌진, 장군 부르면
멍군으로 받아치는 선생님에게

상(象)으로 다시 한 번 장군 부르며
앞으로 세 걸음 뒤로 두 걸음
오른쪽 왼쪽 왔다갔다 학교 가는 길.

"이제 마지막 한 수,
  장 받아라, 꽝!"

장기판이 끝나는 곳은 바로 교문 앞
와! 소리지르며 교실까지 단숨에 골인
하지만 따가운 선생님 눈총
장기는 이겼지만 오늘도 지각.

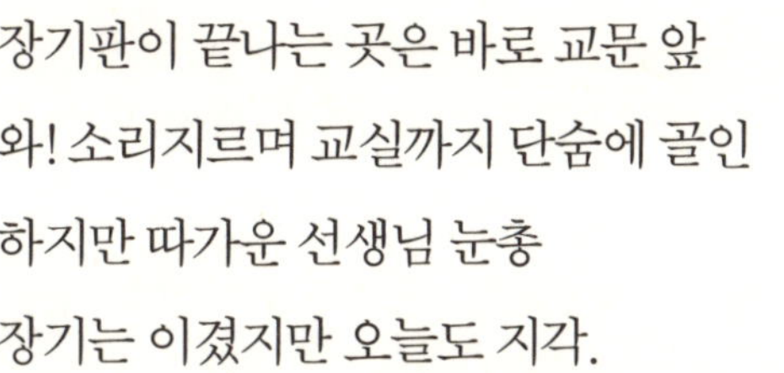

지하철 출입구

욕심쟁이!
식충이!
쫙 벌린 입.

아빠랑 누나랑 우리 동네 사람들을
아침부터 꾸역꾸역 통째로 삼켜 버렸다.

갈증이 나는지
맑은 공기
밝은 빛
꿀꺽꿀꺽 마셔댄다.

한낮에도 크게 벌린 입
고단한 하품.

결국 배탈이 났나 보다.

해지기 전부터 토해 내기 시작한다.

하늘빛이 검붉도록 마구 토해 낸다.

딱따구리

어제 함께 놀았던 딱따구리 친구들
딱딱 따다닥 딱딱!
아침부터 서로 부르는 소리에
이슬 머금은 숲이 깨어난다.

우리 반 아이들도 딱따구리 친구들
하루 종일 학교에 같이 있다가
저녁에는 메일을 주고받고도
아침이면 서로 불러대는 소리에
학교 가는 골목길이 깨어난다.

교실 가득 친구들 정겨운 목소리
딱딱 따다닥 딱딱!
어항 속 금붕어 졸린 눈 끔뻑이고
화분에 심겨진 꽃씨가 깨어난다.

계단

키가 똑같은 친구들끼리
밑에서 받쳐 주고 위에서 끌어 주며
굳게 굳게 어깨동무한 우리 학교 돌계단.

하루 종일 친구들이 쿵쾅쿵쾅 뛰어도
선생님 뾰족구두가 얼굴을 콕콕 찔러도
끄떡 않고 버티는 든든한 디딤돌.

계단을 오르는 친구들마다
걸음걸이도 제각각, 발 모양도 제각각
마음의 생각도 모두모두 다르지.

긴 방학은 계단들이 쉬는 시간
그래도 눈에 밟히는 친구들의 발바닥
잘 지내고 있을까, 얼마나 컸을까?

예쁜 얼굴처럼 발 모양도 예쁜 아름이
시커먼 운동화를 질질 끌고 다니는 철이
기다란 다리로 두 칸씩 뛰어오르는 석이……

그 중에서도 제일 마음 쓰이는
한솔이 짝다리.
한 칸 한 칸 힘겹게 오를 적마다
으싸으싸 힘찬 응원 보냈었는데
언제나 잃지 않는 미소는 여전한지.

로즈마리

겉만 보곤 알 수 없지
향기 보따리라는 걸.
입 가까이 대고 호오 불면
스르르 매듭이 풀려
코 안으로 소올솔
흘러 들어오는 향기.

나비가 찾지 않는다고
그냥 지나치면 안 되지.
잎사귀 사알살 쓰다듬으면
파란 대문 조금 열고
손바닥에 한 움큼씩
쥐어 주는 향기.

하찮아 보이는 가녀린 풀잎.

가까이 다가가 보듬어 줘야

대낮같이 환한 향기

얻을 수 있지.

* 로즈마리 - 향기 나는 풀인 허브 종류 가운데 하나로
강하고 깨끗하며 상쾌한 약초향이 난다.

꽃밭

너는 누굴 닮았니?
"음~, 엄마."
너희 엄마는 별님이겠구나.

너는 누굴 닮았지?
"음~, 아빠."
너희 아빠는 해님이고.

엄마 닮은

    별   별
       별

   별
        별

     별

아빠 닮은

　해

　　해

　　　해

　　　　해

　　　　　해

　　　　　　해

해와 별이 한가족 되어
밤낮없이 어울려 노는
우리 집 꽃밭.

엄마 이름

'여보'도 '한별이 엄마' 도 아니다.
동창회 초청장에 또렷한
'김순애 귀하.'
새롭게 느껴지는
엄마 이름.

학창 시절,
출석부에 당당히 한자리 차지했을
'김순애.'
참새 같은 친구들이
닳도록 부르고 불렀을
"김순애, 김순애……"

엄마 등 뒤에서
가만히 불러 본다.
'김순애.'
따뜻한 숨결처럼 느껴지는
우리 엄마 이름.

낯선 동네

어쩌면 이럴 수 있나?
모두 등을 돌리고 앉았다.
낯선 동네 같다.

지나가는 강아지 흘깃흘깃 쳐다보고
슈퍼마켓 아저씨도 고개를 갸우뚱.
내 손때 묻은 놀이 기구들도
다정한 눈길을 주지 않는다.

태어나서 10년 넘게 자라난 곳
이사 간 지 두 달밖에 안 되었는데,
별러서 마음먹고 찾아왔는데……
처음 온 동네인 양 왜 이리 어색할까?

이사 가고 싶어서 간 게 아니었잖아.
고개 푹 숙이고
눈물 글썽인 것도 다 보았잖아.
그런데도 모르는 척 고개를 돌려 버린
낯설어진 동네, 내가 살던 동네.

아름이네 집

언제부턴가 나에게

이상한 버릇이 하나 생겼다.

학교 갔다 올 때나 심부름 갈 때

아름이네 집 골목으로

빙 돌아서 다니는.

까치발로 아름이네 담장 안을

기웃기웃 넘겨다본다.

웃자라 시든 잔디 위에

제멋대로 나뒹구는 나뭇잎들

꼭 다문 입처럼 굳게 닫힌 창문

아름이는 아직도 병원에 있나 보다.

4학년에 올라와 만난 새 친구들

얼굴도 다 익히기 전에 입원한

아름이의 하얀 얼굴 파란 입술

도장 꾹 찍히듯 내 마음 속에

깊이 새겨져 버렸다.

지난 여름 한 뼘씩이나 커 버린

우리 반 아이들처럼

한 마디씩 더 자란

아름이네 집 나뭇가지.

이른 겨울 추위가

그 어린 가지에 걸려

집 안으로 선뜻 넘어서지 못하고

발발발 발발발 떨고만 있다.

분갈이

내 열 번째 생일날에
할머니가 분갈이를 하신다.

내가 태어나던 해에
사 오셨다는 난초 화분.
한 해도 거르지 않고
너울 쓴 각시 같은 흰 꽃을
열 번이나 피워 낸 소심란.

할머니는 조심조심
포기를 둘로 나눠
각각 다른 분에 옮겨 심고
하나를 나에게 내미신다.

스무 살 생일날에는 너도

분갈이를 할 수 있을 거라면서

새 화분 건네줄

한 친구를 생각하며

해마다 향기 짙은 꽃을

피워 보라 하신다.

* 소심란 : 동양란 중의 한 종류

철썩철썩 신나는 빨래들의 강강술래

청개구리

출입문 바깥쪽에 붙어 있는

〈미시오〉

– 한번 살짝 당겨 볼까?

출입문 안쪽에 붙어 있는

〈당기시오〉

– 밀어도 열릴 텐데……

내 마음 속 청개구리.

누르면 누를수록

튀어나오고 싶어 안달하는

요놈의 청개구리.

마네킹

있는 폼 다 잡고

저마다 잘난 척.

반가워! 손 내밀어도

모른 척 딴청하고

멋있다! 칭찬해도

흥, 코웃음.

유리벽 속에 갇혀 버린

공주병 왕자병.

부메랑

한쪽 날개를 땅에 박고
하늘만 쳐다보고 있는 부메랑.
지나가는 바람에게
손 잡아 달라 눈짓한다.

주인을 잃었구나.
바람의 꾐에 빠졌었니?
들꽃에 한눈팔다 방향을 놓쳤니?
젖 먹던 힘 다해
내가 하늘로 날려 줄게.

새 주인 만나 즐거운 듯
공중을 신나게 한 바퀴 돌아
나에게로 날아오는 부메랑.

"민호야아~"
엄마가 부르는 소리에
양팔 활짝 벌리고
비잉-빙 원을 그리며
날듯이 달려가는 나도
우리 엄마의 부메랑.

미영 슈퍼

골목길에 나지막한 미영 슈퍼.

새로 생긴 24시 편의점에 가려면

꼭 그 앞을 지나야만 한다.

갈래머리 미영이 누나가

언제나처럼 계산대에 앉아 있다.

할아버지는 꼭

미영 슈퍼에서 담배를 사고

엄마도 새벽마다

꼭 그 슈퍼에서

찬거리를 사 오지만

미영이 누나 눈길을 피해
편의점으로 달려가는
얄미운 내 발걸음.
"미영이 누나, 미안해!"

우산

톡톡톡 토독톡톡
빗방울이 전하는
하늘나라 소식.
재조잘 재조잘
들려주는 수다쟁이.

비 갠 뒤
신발장 옆 우두커니
심심한 우산.
아파트 베란다에
활짝 펼쳐 놓으면
영락없는 위성 안테나.

낮에 못 들은 이야기
마저 듣고 싶어
또 귀를 세우는
비 소식.
자꾸 하늘을 올려다본다.

세탁기

내가 좋아하는 청바지
하늘색 점퍼
냄새나는 양말까지
한데 어울려 빙글빙글 돌아간다.

쏴아, 쏴아!
소용돌이 속에서
빠져 나가는 땟자국들.

윙윙윙 모터 소리에 장단 맞춰
철썩철썩 신나는 빨래들의 강강술래.
방울방울 하얀 거품 뒤집어쓴 채
손 맞잡고 빙글빙글 돌아간다.

쏴아 쏴, 철썩철썩!
더불어 흥이 난 세탁기
오른쪽 왼쪽 번갈아 가며
더 힘차게 빙글빙글 돌아간다.

바이킹

바람이 없는 날인데도
파도가 없는 곳인데도
마구 흔들리는
배 한 척.

와아! 아아아! 아아악!

후크 선장 큰 칼이
눈앞에 번쩍번쩍!
해적들의 구릿빛 팔뚝이
목덜미에 얼찐얼찐.

제발 꿈이었으면……
빨리 꿈이 깨었으면……

높이 요동칠수록 짜릿, 짜릿!
소리친 만큼 속이 시원, 후련!
꿈속에서도 오금 저리게 하는
놀이동산의 바이킹.

고무 동력 비행기

몸은 실을 수 없어
마음만 태우고
하늘로 날아오르는
내가 만든 비행기.

어, 어…… 그만
나뭇가지에 걸려버린
내 비행기.

"저걸 어째!"
날아가던 잠자리 떼가
빙빙 돌고
깍깍 지저대는
나뭇가지 위 까치.

어느 새
안타까운 내 마음도
나뭇가지 높이 걸려 버렸다.

고층아파트

미끄럼틀 내려오면서 올려다본
아파트 맨 위층 베란다에
엄마가 널어 놓은 내 옷가지들이
만국기처럼 펄럭인다.

발뒤꿈치 들면 잠자리채로
별도 딸 수 있을 것 같은
까치집보다 더 까마득하게
높다란 우리 집.

때로는 하늘 가까이 산다고
어깨를 으스대지만
나 혼자 남겨진 날은
찬바람 부는 겨울 하늘처럼
쓸쓸한 우리 집.

그럴 때면 새들은 힘찬 날갯짓하며
고운 목소리 볼륨을 더욱 높여 주고
나무들은 큰 키를 더욱 키운다.

전동차 안에서

맞은편에 앉아 있는
예쁜 여자 아이.
나도 몰래 자꾸 눈길이 간다.

이러면 안 되지.
그 아이 옆
엄마에게 안겨 있는 아기와
장난을 쳤다.

한쪽 눈 찡긋!
두 눈을 끔쩍끔쩍!
나와 눈 맞추며
깔깔 웃는 애기.

옆자리 여자 아이도
살짝 웃는다.

나는 신이 나서
두 손으로 잼잼!

고개도 끄떡끄떡!
그러자 엉덩이 들썩이며
내게 오고 싶어하는 애기.

아, 예쁜 여자 아이 마음도
저 애기와 같았으면……

파수꾼

툭 튀어나온 게

마치 외계인의 눈 같다.

우스꽝스럽고도 신기한

고성능 눈

외눈박이도 있다.

씽-씽-씽-

신나게 달리던 차들이

그 앞에서 주춤주춤

서둘던 아빠도

슬금슬금 눈치 본다.

하늘하늘,

가로수 잎들의 손짓.

깜빡깜빡,

별들의 윙크.

그래도 한눈 한 번 팔지 않는

고지식한 파수꾼,

과속 감시 카메라.

삐리삐리-삐, 삐리삐리-삐!

느티나무 가로수 길에

한 줄로 곧게 뻗은

느티나무 가로수 길.

미끈한 줄기 귀여운 잎

재조잘 재조잘 노래하는

느티나무 틈바구니에서

가시 돋친 마음만

아프게 달래던

아카시아 한 그루.

6월, 햇빛 밝은 날

파란 이파리 사이사이

하얗게 피어나는 꽃송이.

펑펑펑! 꽃망울 터뜨릴 때마다

물씬물씬 풍겨나는 아카시아 향기.

날아드는 꿀벌들의 윙윙거림에

어깨춤 흥겨운 나뭇가지들.

느티나무 가로수 길에

아카시아 나무의 신나는 한풀이.

야구

팡! 팡! 팡!
널따란 운동장에 터지는
하얀 불꽃들.
수만 개의 눈동자 그 뒤를 쫓다가
터지는 함성, 아쉬운 탄식.

커다란 투수의 손바닥에서
힘차게 뿌려져
송곳같이 날카롭게 글러브에 꽂힐 때
속이 다 시원한 스트-라이크!

두들겨 맞을수록 더 신나는
안타, 안타, 안타!
화살처럼 순식간에
외야 관중석으로 빨려 들어가는
호-옴-런!

피시식 꺼지는 불발탄처럼
파울 볼로 날아가고
플라이 볼, 내야 땅볼로
아웃이 되기도 한다.

다이아몬드 루 위를 쏜살같이 달려
홈까지 파고드는 선수들.
관중의 함성 속에 피어오르는
팡! 팡! 팡! 하얀 불꽃놀이.

혼자서 중얼중얼 구시렁 구시렁

고속도로

책 속에 곧게 뚫린 길
길 위에 활짝 펼쳐진
커다란 그림책.

산을 읽고
산의 나무를 읽는다.
들을 읽고
들의 곡식을 읽는다.

지저귀는 새들,
한들거리는 들꽃,
달콤한 산딸기.
이런 작은 것들은
꼼꼼히 찾아 읽어야 한다.

부웅-붕!

책갈피 사이를

신나게 달리는 고속버스.

빨랑빨랑

재미있게 넘어가는 책장들.

시골 외갓집

멍멍이 하고도 중얼중얼,

꼬꼬닭에게도 구시렁 구시렁.

멍멍이와 꼬꼬닭이

외할머니 말을 알아듣고

'저리 가' 하면 저쪽으로

'이리 와' 하면 이쪽으로.

아, 아니! 고추밭에서도 콩밭에서도

혼자서 중얼중얼 구시렁 구시렁.

멍멍이와 꼬꼬닭, 고추와 콩들도

외할머니 말씀 듣고 자라는

외갓집 한식구들.

깨꽃

활짝 열린 꽃 대문마다

부지런히 드나드는 작은 꿀벌들.

붕붕 윙윙 한바탕 축제가 끝난

어느 날 아침

깨밭 고랑 사이사이마다

하얗게 깔린 깨꽃 깨꽃들.

눈을 씻고 들여다보니

꽃이 진 자리마다

아, 깨주머니!

주머니마다

가득가득 여무는

벌과 깨꽃의

고소한 사랑 열매.

콩밭 비밀

콩밭에서 일어나는 일들은

아무도 몰라.

저 혼자 피었다가

기다란 콩주머니를

슬그머니 달아 주고는

수줍은 듯 사라지는

파란 콩꽃들.

할머니 마음처럼 널따란 콩잎,

그 아래에서

무슨 일이 있었는지

텃밭을 가꾸는

할머니는 알까?

도토리

가을 산을 오르면서
주머니 가득 도토리를 주웠다.

산을 내려오면서
다람쥐가 잘 다닐 것 같은
길목마다 몇 알 씩 놓아 주고

따뜻한 볕을 쬐며 산토끼가
낮잠을 잘 만한 바위 위에
한 움큼 놓아 주고

마지막 남은 가장 굵은 한 알은
산모퉁이에 정성껏 묻었다.

언젠가 아름드리 나무 아래에서
도토리를 줍고 있을
한 아이를 떠올린다.
날 닮은 아이를.

시골 아이

발은 느릿느릿
눈은 흘깃흘깃
만화방 앞에서 서성거리다
PC방 앞에서 주춤주춤.

집으로 가는 들길로 접어들자
눈앞에 펼쳐지는
대형 컴퓨터 모니터.

돌멩이 폭탄 꽝, 꽝, 꽝!
발길질해 보고
막대기 검 휙, 휙, 휙!
적들을 물리치고……

길가에 쪼그리고 앉아

들풀에 눈 맞춰 찜해 놓고는

조금씩 크는 모습 보는 재미.

아바타 못지않은 재미난 게임.

               * 찜해놓다 : 통속적인 말로 '내 것이라고 점을 찍어 놓는다' 는 의미
               * 아바타 : 사이버 공간에서 사용자의 역할을 대신하는 애니메이션 캐릭터

거제도

구김살없이 자라난

소년 가장 같은 거제도.

사나운 비바람

악착같이 버텨내며

곱게 치장시킨

여동생 해금강이랑

막내동생 외도를

자상하게 돌본다.

반짝반짝 빛나는

동백 잎 푸른 눈빛.

하얀 이 드러내며 반기는

파도의 해맑은 웃음.

또르르 또르르

몽돌로 구르는

여문 생각들.

서울에 온 시골 파리

시골 외갓집 다녀오는

우리 차에

멋모르고 함께 올라탄

파리 한 마리.

신기한 듯 왔다 갔다

눈알이 빙빙 돈다.

들판도 지나고, 강도 건너고

산에 산 너머너머

드디어 서울.

서울의 북쪽 끝

우리 동네는

아파트만 빼곡한 게

벌통 쌓아 놓은 것 같다.

나보다 먼저 차에서 내린

시골 파리는

비실비실 멀리 도망도 못 간다.

내 다리도 비틀비틀

머리도 어질어질.

꼬꼬닭도 꿀꿀 돼지도

헛간도 거름더미도 없는

우리 동네에서

시골 파리 한 마리

어떻게 살아갈까.

도봉산에 올라

이른 봄 아빠 손 잡고

오르는 도봉산 길.

새학기 맞은 진달래꽃들이

무더기무더기 둘러앉아

학급 회의를 열고,

바위틈 구석구석 노랑제비꽃들은

노오란 웃음 지으며

유치원 갈 채비를 서두르고 있다.

산골짜기마다

겨울잠을 깨우는

우렁우렁한 바람 소리.

"저어기, 저기쯤이 우리 집일게다."

아빠가 가리키는 빽빽한 아파트 숲,

목을 길게 빼고 내려다보니

빨래 너는 엄마가 눈에 잡힐 듯.

불룩한 배낭에 손을 넣어 본다.

엄마가 싸준 도시락이

아직도 따스하다.

목욕탕에서

아빠는 아빠 몸집만큼

멍석만한 때를 밀고

나는 내 몸집만큼

돗자리만한 때를 민다.

아빠 이마에

구슬만한 땀방울

내 이마에는

이슬만한 땀방울.

알라딘의 램프인 양

뽀얀 수증기 속에서

사막의 열기를 불러 모으는

사우나실 지킴이 모래시계.

아빠는 아빠 생각의 가짓수만큼

함지박 가득 때를 밀고

나는 내 생각의 가짓수만큼

쪽박 가득 때를 민다.

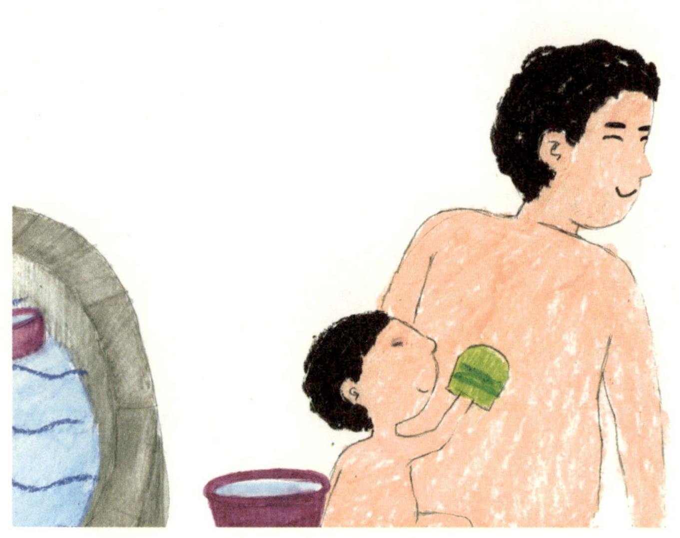

아빠의 출근길

지하철 7호선, 뚝섬 역과 청담역 사이.

숨가쁘게 달려온 전동차가

철커덕 철커덕 어둠을 뱉어 내고

밝은 빛을 마시는 곳.

출근길의 아빠도

캄캄한 생각, 답답한 마음을

깡그리 털어 버리고

새로운 하루를 연다.

지하철 7호선 청담대교 위

회색 강물을 금빛으로 물들이며

떠오르는 해를 가슴에 안고

하루를 시작하는 우리 아빠.

어, 시원하다!

아빠는 온탕에서

– 어, 시원하다!

냉탕에서 나도

– 어, 시원하다!

아빠는 뚝배기 해장국 드시며

– 어, 시원하다!

냉콩국수 먹으며 나도

– 어, 시원하다!

야영 가서 아빠 꿈 꾸고 전화한 내게

－네가 없으니 앓던 이 빠진 것처럼

　어, 시원하다!

그 뻔한 거짓말 다 알면서도

－지긋지긋한 잔소리 안 들으니

　어, 시원하다!

칫솔

우리 집 네 식구 칫솔도 네 개

색깔만 다를 뿐 모양은 똑같다.

칫솔 통에서도 아빠 칫솔은

아빠 노릇 할 테고

엄마 칫솔 잔소리는

엄마나 심할까?

그 뒤에서 흠- 흠-

헛기침하는 치약 할아버지.

내 칫솔 슬쩍 선반 위에 올려놓고

학교에 갔다 온 날

혼자서 퍽 외로워 보인다

나 혼자 집 지키고 있던 날처럼.

칫솔 통에 다시 넣어 주었다.

아빠 칫솔, 엄마 칫솔

잔소리도 참을 만할 것 같고

쪼글쪼글해진 치약 할아버지

속마음이 생각나서.

할머니 무덤

할머니 무덤 파란 잔디 위에

삐쭉삐쭉 돋아난 잡초들.

갑자기 말이 없어진 아빠가

할머니 흰머리 뽑아 주시듯

맨손으로 잡초를 뽑으신다.

그 곁에서 주춤주춤

나도 따라 잡초를 뽑는다.

할머니 말씀 안 듣던

일들이 생각나서

할머니 얼굴 쳐다보듯

머언 하늘을 보다가

그만 억새에 베어

쓰리고 아픈 손

호호 불고 있는데

아빠는

혼자 깊은 생각에 잠겨

잡초만 뽑으신다.

겁없이 마음대로 넘나드는 바람 소리

바람처럼

가벼워져야겠지.

민들레 씨앗처럼 떠도는 낙엽처럼

그렇게 가벼워져야겠지.

바람과 친해지려면······

달리기도 잘 해야 될 거야.

잠시도 한곳에 머물지 않고

싸돌아다니는 바람과

재미있게 놀려면······

힘도 무척 세어야만 해.

집채만한 파도를 굴려야 하고

뿌리째 나무를 뽑을 때도 있으니까.

그럴 땐 거친 숨을 몰아쉬겠지.

그렇게 바람처럼 지내다 보면

스스로도 모르는 사이에

보이지도 잡히지도 않는

나도 한줄기 바람이 될 거야.

솔잎

너, 그거 아니?

사철 푸르기만 하던 솔잎이

땅바닥에 떨어지면

샛노래진다는 거.

너, 또 그거 아니?

바람도 찔릴까 봐 조심하던 솔잎이

오랫동안 뒹굴다가는

부드러운 흙이 된다는 거.

그리고, 아! 솔향기.

소풍날 광릉 수목원 솔 숲길 걸을 때

가슴 속까지 솔솔 파고들던

그 싱싱한 향기.

봄비

아마 씨앗일지도 몰라, 봄비는.
보슬보슬 몇 번 뿌려지고 나면
어김없이 나무에 새싹이 돋고
들판이 푸르게 빛나는 거 보면.

봄비 맞고 며칠간 몸살 앓은 누나
한참씩 창밖 하늘을 내다보고
밖으로 자꾸만 나도는 걸 보면
마음속 씨앗이 움트고 있나 봐.

나도 양팔 벌려 저 봄비를 맞고 나면

몸과 마음에 푸른 싹이 돋을까?

시골 외갓집 마당에 웅크린 고목나무

올해는 기어이 여린 싹 틔우라고

가만가만 씨앗을 뿌려 주나 보다.

바위

꽉 닫힌 마음 조금 열어놓고

소나무 한 그루, 들풀 몇 포기

키우고 있다.

흔들리면 안 돼!

약해지면 안 돼!

단단해야만 돼!

스스로 굳게굳게 다짐하면서도

꼭 다문 입술에

들꽃 몇 송이 피워 놓고

나비와 꿀벌도 부르고

작지만 멋지게 자란

소나무 가지를 흔들며

새들도 놀러 오라 부르고 있다.

수평선

하늘은 파도를 타고
육지로 뛰어오고
육지는 바람을 타고
하늘로 오르는 곳.

저쪽 하늘 아이와
이쪽의 내가
자, 시작!
달리기 시합을 하다가
서로 스쳐 지나칠 그쯤,

나는 두 팔 휘저으며

하늘로 날아가고

그 아이는 풍덩 바다에 빠져

허푸허푸 헤엄치며 오겠다.

절에는

물 소리가 있다.
깊은 골짝에서 샘솟아
계곡을 돌고 돌며
목소리 높이는 물 소리.

바람 소리가 있다.
천왕문도 대웅전 부처님 앞도
겁없이 마음대로
넘나드는 바람 소리.

그리고 또 있다.
할머니 자장가처럼
가만가만 울려 퍼지는
목탁 소리 염불 소리.

물 소리 바람 소리를
달래면서 잠재우는
맑디맑은 풍경 소리.

갈참나무

숲 속의 웃어른은
아름드리 갈참나무.

어흠어흠! 할 말이 있는 듯
성큼성큼! 내게로 걸어올 듯

공룡의 등짝마냥
굵게 드러난 뿌리
푸른 이끼 낀 밑동
깊게 패인 주름살
중간 중간 잘려 나간 팔뚝은
안쓰럽기만 해도

손주 재롱에
껄껄 웃으시는 할아버지처럼
간질간질 다람쥐 재롱에
큼직한 이파리 손 활짝 펴
털모자 쓴 도토리 몇 알씩
떨어뜨려 준다.

9월

여름이 허물벗기를 하고 있다.

시린 눈 끔뻑일 때마다

조금씩 선명해지는

가을빛.

목욕하고 온 바람이

천천히, 아주 천천히

이른 가을비가

아프지 않게, 사알살

보드라운 햇빛이

한 꺼풀, 한 꺼풀씩

내 눈의 비늘도

눈곱처럼 떨어진다.

밤송이

단단한 투구에
갑옷으로 무장하고
토실토실 알밤들은
품을 떠나 버렸다.

고슴도치 바늘을
곤두세우고
알밤을 키워 온
밤송이들.

그 서슬 푸르던 기세는
한풀 꺾여 버리고
벗어 놓은 겉옷처럼
수북이 쌓여 있는
밤나무 아래.

추위 잘 타는 바람들이

밤송이 빈방을 차지하고 앉아

동글동글 이야기 나누고 있다.

억새꽃

가을 벌판이

불쑥 꺼내 든

하얀

손, 손, 손……

억세게 억세게 자라나더니

푸르게 푸르게 풀잎 칼날 갈더니

몰래몰래 키워 온

부드러운

손, 손, 손……

칭얼대는 바람을 가만가만 달래며

가을하늘을 쓸어 내는

맑은

손, 손, 손……

추운 날

추운 날
시냇물이
얼음 창문을 닫았다.

아주 추운 날
강물도
얼음 창문을 닫았다.

창문 안에서
물고기들이 알몸으로
신나게 뛰어놀고

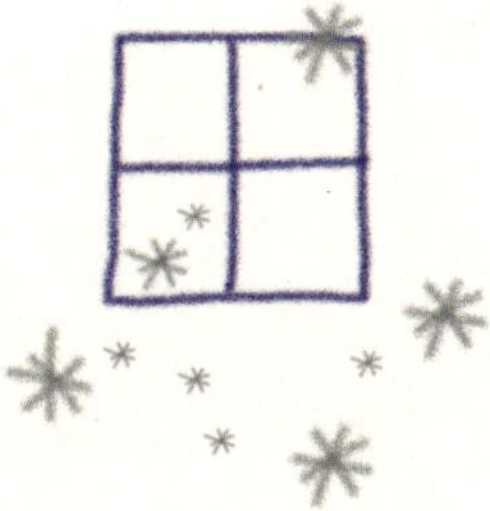

개구쟁이 바람은

넋을 잃고 들여다보다가

꽈당!

엉덩방아를 찧었다.

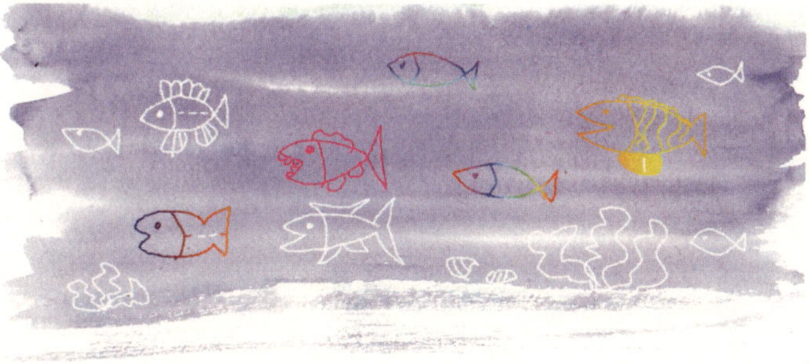

첫 서리

칼날 바람이 새벽에
하얀 카펫을 깔며 지나갔다.
점점이 새겨져 있는
환한 무늬, 하얀 서리.

새들이 콩콩콩 뛰어가며
고개를 갸우뚱
어디서 봤더라?

그래!
봄 뜨락의 채송화,
한여름의 백일홍,
가을 길 코스모스……

콕콕 쪼아 보면
부리가 시린
맑은 알갱이들.

겨울 길 하얀 카펫을
해님이 귤빛 손으로
돌돌돌 말아 올린다.
흔적도 없이 사라지는
꽃 같은 하얀 서리.

산의 갈기

시골길 차창 밖에서
산이 말처럼
달리고 있었다.

산등성이 키 작은 나무들은
휘날리는 산의 갈기.
뜨거운 햇볕,
사나운 비바람에
잘 다듬어진 멋진 갈기.

백마의 잔등에 올라타고서
이랴, 이랴!
신나게 채찍질하며
갈 길을 재촉하는 겨울 바람.

하얀 눈보라 속에서

앞서거니 뒤서거니

깃발처럼 갈기를 휘날리며

큰 산과 작은 산이

내달리고 있었다.

바람의 놀이터

산은
바람의 놀이터.

골목길 돌다돌다
지친 바람들
차 뒤꽁무니 쫓다
숨찬 바람들
선풍기 날개에 치여
상처 난 바람들

무리지어 올라와
놀다 쉬다 가는 곳.

엄마가 덮어 준 이불처럼
푹신한 숲 속에서
기다가

뛰다가
구르기도 하다가
통통하게 살쪄서 내려들 간다.

산모퉁이 은행나무 아래에서는
찬 입김 내뿜는 씩씩한 바람들이
노오란 얼굴을 한 지친 바람들과
배턴 터치를 한다.

옛 도시 경주

낮게, 아주 낮게 가라앉아
깊은 생각에 잠긴 도시.

뚜벅뚜벅 걸어 나올 것 같은
거대한 저 고분 속 옛 사람들.
갑옷 입고 큰 칼 찬 장수들의
천둥 같은 목소리도 들릴 듯하다.

모두 시간 속에 깊이 잠들고
날개를 퍼덕이는 회색 기왓장
그 사이를 넘나들며
혼령들만 낮게 떠도는 곳.

이슬비도 생각에 잠겨

잘게, 아주 잘게 부서져 내린다.

일상 생활 속에서 건져 올린 따뜻한 동심의 세계

이준관 (시인)

1.

조두현 시인은 〈아동문학평론〉에서 동시 추천을 받아 등단한 시인입니다. 등단한 이후 조두현 시인처럼 열정적으로 동시를 쓰고 활동한 시인도 드물 것입니다. 그는 동시조를 쓰는 시인들의 모임인 〈쪽배〉동인으로 활동하면서 뛰어난 동시조와 동시를 써서 일약 주목받는 시인으로 떠올랐습니다. 앞으로 우리 동시의 앞날을 이끌어 갈 기대되는 시인이기에 이번 첫 동시집 출간이 더욱 반갑고 기쁩니다.

조두현 시인은 마음이 참으로 곱고 아름다운 사람입니다. 평소 누구에게 화를 내거나 낯을 붉히는 것을 본 적이 없습니다. 만날 때마다 항상 생글생글 웃는 표정이어서 만나면 마음이 즐겁고 밝아집니다. 언제나 생글생글 웃는 표정에다가 마음씨 또한 아이처럼 맑고 순수합니다. 그래서 나는 그를 볼 때마다 호기심 가득한 눈빛이 까만 '아이의 모습'이 떠오릅니다.

이 동시집에 실린 동시들은 조두현 시인의 마음 속에 살고 있는 열 살쯤 되는 '아이'의 눈으로 바라본 세계입니다. 그러기에 작품마다 '아이다운 생각과 느낌'이 바탕에 깔려 있습니다. 아이다운 생각과 느낌이 오롯이 담겨 있는 조두현 시인의 동시는 '동시다운 동시' '참동시'라고 할 수 있습니다.

2.

조두현 시인이 다루고 있는 소재들은 우리 생활 주변에서 흔히 볼 수 있는 것들입니다. 하늘이나 구름 또는 꽃이나 나무들이 아닌 우리 생활 주변의 사람들과 사물들입니다. 아파서 입원해 있는 친구네 집, 경비원 아저씨, 미영 슈퍼, 학교의 계단, 담쟁이넝쿨, 놀이동산의 바이킹, 세탁기 등 우리 주변에 있는 가까운 사람이거나 사물들입니다. 우리 주변의 친근한 사물들을 다루고 있어서 시가 결코 어렵거나 낯설지 않고 친근하게 다가옵니다.

그 동안 우리 동시가 아이들의 생활이나 정서와 너무 동떨어져 있어서 독자들로부터 좋은 반응을 얻지 못했습니다. 아이들의 정서와 거리가 먼 어른 중심의 동시들이 많아서 아이들이 동시에 흥미를 잃고 점차 읽지 않게 되었습니다. 그런데 조두현 시인의 동시는 아이들의 생활과 정서를 담고 있을 뿐 아니라 아이들의 생각과 느낌을 바탕으로 하고 있어서 독자들의 좋은 반응이 기대됩니다. 흔히 일상 생활을 다룬 시들이 시적 긴장이나 함축성이 떨어지는 것을 보게 됩니다. 그러나 조두현 시인의 동시는 끝까지 시적 긴장의 고삐를 늦추지 않고 있습니다. 〈아름이네 집〉을 읽어 보면 조두현 시인의 시들이 얼마나 탄탄한 시적 비유와 묘사력을 바탕으로 하고 있는지 확인할 수 있습니다.

언제부턴가 나에게
이상한 버릇이 하나 생겼다.
학교 갔다 올 때나 심부름 갈 때
아름이네 집 골목으로
빙 돌아서 다니는.

까치발로 아름이네 담장 안을
기웃기웃 넘겨다본다.
웃자라 시든 잔디 위에
제멋대로 나뒹구는 나뭇잎들
꼭 다문 입처럼 굳게 닫힌 창문
아름이는 아직도 병원에 있나 보다.

4학년에 올라와 만난 새 친구들
얼굴도 다 익히기 전에 입원한
아름이의 하얀 얼굴 파란 입술
도장 꾹 찍히듯 내 마음 속에
깊이 새겨져 버렸다.
지난 여름 한 뼘씩이나 커 버린

우리 반 아이들처럼

한 마디씩 더 자란

아름이네 집 나뭇가지.

이른 겨울 추위가

그 어린 가지에 걸려

집 안으로 선뜻 넘어서지 못하고

발발발 발발발 떨고만 있다.

〈 아름이네 집 〉 전문

    이 시에서 가장 두드러진 것은 생생한 비유와 구체
적인 묘사입니다. 아름이가 입원한 후 가꾸고 손보는
사람이 없어서 황폐하게 버려진 아름이네 집의 쓸쓸한
모습을 눈에 선하게 그려 놓은 대목은 아주 뛰어납니
다. 아픈 아름이에 대한 안타까운 마음을 '도장 꾹 찍
히듯 내 마음 속에 깊이 새겨져 버렸다' 라고 표현한
대목도 빛납니다. '한 마디씩 더 자란 나뭇가지' 는 가
냘프고 수척해진 아름이를, 어린 가지에 걸려 발발발
떨고 있는 '이른 겨울 추위' 는 아름이의 병을 상징하

고 있습니다. 비유와 상징을 적절히 구사할 줄 아는
조두현 시인의 시적 역량을 잘 보여 주는 작품이 〈아
름이네 집〉입니다.

'여보' 도 '한별이 엄마' 도 아니다.
동창회 초청장에 또렷한
'김순애 귀하.'
새롭게 느껴지는
엄마 이름.

학창 시절,
출석부에 당당히 한자리 차지했을
'김순애.'
참새 같은 친구들이
닳도록 부르고 불렀을
"김순애, 김순애……."

엄마 등 뒤에서
가만히 불러 본다.

'김순애'
따뜻한 숨결처럼 느껴지는
우리 엄마 이름.

〈엄마 이름〉 전문

〈엄마 이름〉이라는 시는 〈아름이네 집〉과 또 다른 면에서 흥미로운 시입니다. 이 시는 묘사나 비유가 아닌 직설적인 방법으로 엄마에 대한 사랑을 표현하고 있습니다. 엄마는 아빠에겐 '여보'로 불립니다. 이웃 사람들에겐 한별이 엄마로 불리지요. 정작 엄마의 이름을 불러 주는 사람은 없습니다. 그런데 어느 날 동창회 초대장에 엄마 이름이 적혀 있는 것을 발견합니다. 그 이름이 엄마 이름 같지 않고 낯설기만 합니다. 그러나 학창 시절에 친구들이 다정히 불렀을 '김순애'라는 이름을 가만히 불러 보니 문득 엄마 숨결처럼 따뜻함이 느껴집니다. 별로 어려운 대목도 없이 쉽게 읽혀지는 시입니다. 친근하고 따뜻한 정이 느껴지는 작품이지요.

3.

　아이들의 마음을 시로 표현한 것이 동시입니다. 따라서 아이들의 마음을 얼마나 잘 표현하느냐에 동시의 성공 여부가 달려 있습니다. 서투른 시인들은 아이들의 마음을 제대로 읽을 줄 모릅니다. 그래서 아이들의 생각과 동떨어진 내용을 써 놓고 동시라고 발표합니다. 조두현 시인의 동시가 '동시다운 것' 은 바로 아이들의 마음을 표현했기 때문입니다.

출입문 바깥쪽에 붙어 있는

〈미시오〉

― 한번 살짝 당겨볼까?

출입문 안쪽에 붙어 있는

〈당기시오〉

― 밀어도 열릴 텐데……

내 마음 속 청개구리.

누르면 누를수록

튀어나오고 싶어 안달하는

요놈의 청개구리.

    〈청개구리〉 전문

　이런 마음이 진정한 아이들 마음이 아닐까요? 청개구리처럼 반대로 해 보고 싶은 아이들 마음을 진솔하게 표현하였습니다. 〈미시오〉 하면 한번 살짝 당겨 보고 싶고, 〈당기시오〉 하면 밀어 보고 싶은, 그게 바로 아이들 마음이지요.

후크 선장 큰 칼이

눈앞에 번쩍번쩍!

해적들의 구릿빛 팔뚝이

목덜미에 얼찐얼찐.

제발 꿈이었으면……

빨리 꿈이 깨었으면……

높이 요동칠수록 짜릿, 짜릿!
소리친 만큼 속이 시원, 후련!
꿈속에서도 오금 저리게 하는
놀이동산의 바이킹.
　　　〈바이킹〉 일부

　바이킹을 타 본 사람은 아마 이 시를 더욱 실감나게 읽었을 것입니다. 바이킹을 탔을 때의 겁나고 무섭고, 그러면서도 신나고 짜릿한 느낌을 생생하고 실감나게 표현하였습니다.　'해적들의 구릿빛 팔뚝이 목덜미에 얼찐얼찐' 까지 읽으면 절로 몸이 움츠러들고 오싹해지는 느낌이 듭니다. 바이킹 탔을 때의 아이의 마음을 의성어 의태어를 구사하여 절묘하게 표현해 내고 있습니다.

발은 느릿느릿

눈은 흘깃흘깃

만화방 앞에서 서성거리다

PC방 앞에서 주춤주춤.

집으로 가는 들길로 접어들자

눈앞에 펼쳐지는

대형 컴퓨터 모니터.

돌멩이 폭탄 꽝, 꽝, 꽝!

발길질해 보고

막대기 검 휙, 휙, 휙!

적들을 물리치고……

길가에 쪼그리고 앉아

들풀에 눈 맞춰 찜해 놓고는

조금씩 크는 모습 보는 재미.

아바타 못지않은 재미난 게임.

〈 시골 아이 〉 전문

<시골 아이>는 참 재미있는 작품입니다. 아이는 만화방 앞에서 '만화를 보고 갈까? PC방에서 게임을 하고 갈까?' 망설입니다. 그러다가 그냥 집으로 갑니다. 그런데 들길에 접어들자 컴퓨터 게임보다 더 즐거운 게임이 시작됩니다. 돌멩이는 폭탄, 막대기는 검, 그것보다 더 솔깃한 재미는 들풀이 자라는 것을 보는 재미지요. 말하자면 시골 아이에겐 들길이 바로 대형 컴퓨터 모니터인 셈이지요. 자연과 어울려 노는 것은 시골 아이에겐 컴퓨터 게임보다 더 신나는 게임이지요. 상상을 하면서 놀이를 즐기는 시골 아이의 마음을 잘 표현한 시입니다.

4.

대상을 의인화하여 표현하는 것은 동시에서 흔한 기법입니다. 특히 자연이나 사물을 의인화해서 표현한 작품은 참 많습니다. 조두현 시인도 사물을 의인화해서 쓴 작품이 많습니다. 그 가운데 <계단>이나 <밤>,

〈시골 외갓집〉이 성공적입니다.

멍멍이 하고도 중얼중얼,

꼬꼬닭에게도 구시렁 구시렁.

멍멍이와 꼬꼬닭이

외할머니 말을 알아듣고

'저리 가' 하면 저쪽으로

'이리 와' 하면 이쪽으로.

아, 아니! 고추밭에서도 콩밭에서도

혼자서 중얼중얼 구시렁 구시렁.

멍멍이와 꼬꼬닭, 고추와 콩들도

외할머니 말씀 듣고 자라는

외갓집 한식구들.

〈시골 외갓집 〉 전문

　　혼자 사는 외할머니는 외롭습니다. 그런 외할머니의
말벗은 멍멍이와 꼬꼬닭입니다. 아니, 또 있습니다.

고추와 콩이지요. 개와 닭에게 중얼중얼 말을 하고 고
추와 콩에게 구시렁 구시렁 말을 합니다. 개와 닭도 외
할머니 말을 알아듣고 고추와 콩도 알아듣습니다. 할
머니 말씀을 듣고 자랍니다. 그들은 외할머니와 한식
구니까요. 개와 닭을 돌보고 고추와 콩을 가꾸며 살아
가는 외할머니의 삶을 정감 있게 그려냈습니다.

5.

　조두현 시인은 우리 생활 주변의 이야기를 정겨운
어조로 정감 있게 표현하였습니다. 그래서 작품마다
정답고 따뜻한 정이 느껴집니다. 그의 동시는 일상 생
활에서 흔히 볼 수 있는 사람들과 사물들입니다. 시의
언어도 일상 생활에서 사용하는 친숙한 어휘들입니
다. 그러기에 이해하기 쉽고 친근하게 읽힙니다. 조두
현 시인은 아이들의 마음을 잘 찾아내어 진솔하게 시
로 표현하였습니다. 아이다운 생각과 느낌을 바탕으
로 하고 있어서 어린이들이 쉽게 공감할 수 있는 내용

들입니다. 그래서 어린이들에게 동시를 읽는 재미와 즐거움을 듬뿍 안겨 줄 것으로 기대가 됩니다. 이 동시집은 조두현 시인에겐 가슴 설레는 첫 동시집입니다. 이 동시집 출간을 디딤돌 삼아 앞으로도 꾸준히 좋은 동시를 써서 우리 동시 발전에 한몫을 하기를 바랍니다.